魔《ま》法《ほう》のスリッパ

ディック・キング＝スミス 作
三原 泉 訳　岡本颯子 絵

魔法《まほう》のスリッパ

ディック・キング=スミス 作
三原 泉 訳　岡本颯子 絵

THE MAGIC CARPET SLIPPERS
by Dick King-Smith

This translation published by arrangement with Fox Busters Limited
c/o A P Watt Ltd through The English Agency (Japan) Ltd.

ブックデザイン：湯浅レイ子・竹内淳 ar inc.

1

こいつは、いままでのと、どこかちがうぞ……。スロゲットさんは新《あたら》しいスリッパに足をいれたとたん、思《おも》いました。見たところ、とくにかわったところはありません。いつも買《か》っている、やわらかくて、はきごこちのいいスリッパとおなじです。もようだって、いつものチェック（色《いろ》は、青と白です）、底《そこ》がゴムになっているところも、いつもとまったくおなじです。

なのに、そのスリッパをはいたとたん、力《ちから》がもりもりわいてきたような、ふしぎな感《かん》じがしたのです。わしには、できないことなんて、一つもない。なんだか、そんな気分《きぶん》になってきました。

スロゲットさんという人は、年じゅう、スリッパをはいています。あんまりスリッパばかりはいているので、おくさんがいやな顔《かお》をするほどです。もちろん、ねるときはぬぎますし、おふろにはいるときだってぬぎますが、それ以外《いがい》はたいてい、スリッパすがたです。家《いえ》の中はもちろん、庭《にわ》に出るときも、スリッパ。手紙《てがみ》を出しにいくときも、スリッパ。村に出かけるときだって、スリッパです。

「なんで、ふつうの人みたいに、くつをはけないのかしらねえ?」

おくさんがぶつぶついうたびに、スロゲットさんは答《こた》えます。

「だって、おまえ、スリッパのほうが、はきごこちがいいんだよ」

けれども、スリッパはもともと、家《いえ》の中ではくものです。外《そと》ではくようにはできていません。おまけに、雨の日だってスリッパで出かけるものですから、六か月もすると、底《そこ》に穴《あな》があいてしまいます。すると、スロゲットさんは、また新《あたら》しいスリッパを買《か》うのでした。

さいわい、スロゲットさんの家《いえ》から、ほんの三百メートルほどのところに、くつ屋《や》さんがありました。ちょっと、かわった店《みせ》がまえのくつ屋《や》さんです。正面《しょうめん》にはかざり窓《まど》があって、えりぬきのくつや長《なが》ぐつ、サンダルやスニーカーやスリッパがかざってあります。その窓《まど》のとなりが入り口ですが、ドアが上下二つにわかれていて、そこだけ見ると、馬小屋《うまごや》みたいです。上のドアは、たいていあけっぱなしです。よく、お店《みせ》の主人《しゅじん》が下のドアにうでをもたせかけて、外《そと》をながめています。ドアの上のほうには、

『くつ屋《や》　A・ロット』

というかんばんが、かかっています。

店主《てんしゅ》のアーサー・ロットさんとパーシー・スロゲットさんは、パース、アートと、ニックネームで呼《よ》びあう、長《なが》いつきあいの友《とも》だちです。スロゲットさんは、だいたい六か月ごとにスリッパを買《か》いにいきますが、お店《みせ》

に顔《かお》を出すのは、そのときばかりではありません。しょっちゅう立ちよっては、ロットさんとおしゃべりをしたり、スリッパの品《しな》ぞろえを見せてもらったりしていました。

新《あたら》しいスリッパを買《か》うとき、スロゲットさんはいつも、いまはいているのと、ちがう色《いろ》にしました。もようはチェックと決《き》めていますが、色《いろ》については、あるときは黒《くろ》と白、あるときは緑《みどり》と白、またあるときは茶色《ちゃいろ》と白、そしてまたあるときは赤と白、またまたあるときは青と白……というふうに、毎回《まいかい》ちがう色《いろ》をえらぶのが楽《たの》しみだったのです。

「おはよう、アート」

スロゲットさんは、お店《みせ》の近《ちか》くまでくると、いつものように下のドアによりかかって外《そと》をながめているロットさんに、声《こえ》をかけました。つい一週《しゅう》間《かん》ほどまえにも、このあいさつをしたばかりです。

「おはよう、パース」

ロットさんもあいさつをして、スロゲットさんの足もとに目をやりました。はいているのは、赤白チェックのスリッパです。

「おとりかえの時期《じき》か？」

「そうなんだ」

「ま、はいんなよ」

ロットさんはそういって、下のドアをあけました。

店内《てんない》にはいったスロゲットさんは、お客用《きゃくよう》の木のいすにこしをおろし、ステッキをカウンターに立てかけると、左のスリッパをぬぎました。うらがえしてみると、底《そこ》に小さな穴《あな》があいています。右のスリッパもぬいで、うらがえすと、こちらには、大きな穴《あな》があいています。スロゲットさんは、またスリッパをはくと、いいました。

「なんで、こうなっちまうのかなあ」

「はいてりゃ、すりきれるさ」

ロットさんがいいました。

「すりきれるのは、しょうがないって」

「かみさんは、くつをはけ、くつをはけって、うるさいんだがね。わしゃ、スリッパがすきなんだよ、アート」

「知《し》っとるよ。知《し》っとるとも、パース」

「また、ちがう色《いろ》のにするよ」

「何色《なにいろ》がいいかね？」

「青と白のをたのむ。サイズは二十八センチ」

「サイズはわかっとる」

ロットさんがうなずきます。

「わかっとるとも、パース」

ロットさんは手をのばして、カウンターのうしろのたなから、スリッパのはいった箱《はこ》を次《つぎ》つぎにおろし、色《いろ》とサイズをしらべました。

「二十七センチなら青白チェックがある。だが、二十八センチはないな」

ロットさんはいいました。

「ざんねんながら、きらしとる」

「そうか……」

スロゲットさんはがっかりしました。

「こんどは青にしたかったんだが。まえに青いのを買《か》ってから、三年くらいたってるからな」

「お、まてまて、パース」

ロットさんは、たなからもう一つ、箱《はこ》をおろしました。

「こいつがあるのを、わすれとった。

だが、こいつをおまえさんに売《う》るのは、気がすすまんな」

「なんでだね？」

「ねだんだよ。ねだん」

それをきいて、スロゲットさんは、ちょっとびっくりしました。ロットさんのお店《みせ》にあるものといえば、まちがいなく、お買《か》いどく品《ひん》ばかりだったからです。町で一足八ポンドするスリッパが、ここでは三ポンド半《はん》で買《か》えます。くつも長《なが》ぐつも、サンダルもスニーカーもスリッパも、ロットさんのお店《みせ》にあるものはみんな、とびぬけて安《やす》いはずでした。

「いつもは、三ポンド半《はん》だったよな？　アート」

「そうさ」

ロットさんがいいました。

「だから、気がすすまんのだ。こいつは、二ポンド半《はん》なんでね」

そういってロットさんは、スリッパをもちあげてみせました。その青白チェックのスリッパが、ほかのとどうちがうのか、スロゲットさんには見《けん》当《とう》もつきません。

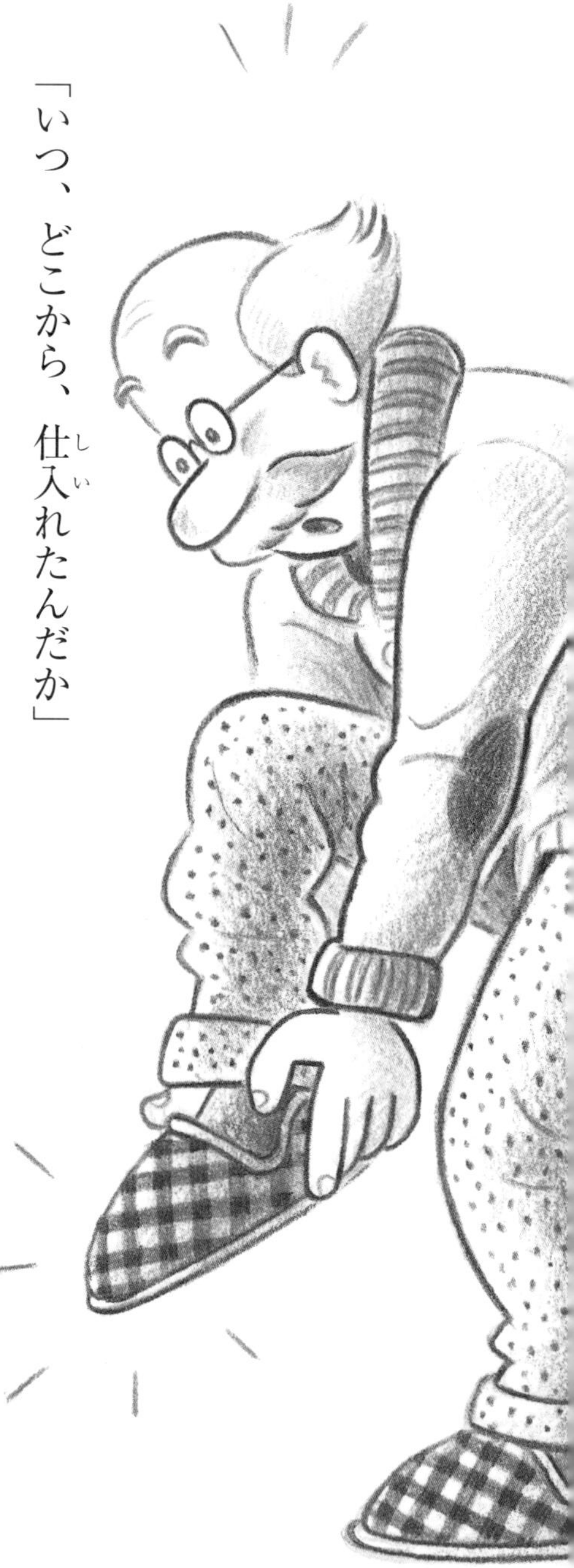

「いつ、どこから、仕入《しい》れたんだか」

ロットさんはつづけました。

「おぼえてもおらんわ。安《やす》いぶん、はやくすりきれたりしたら、わるいからな。おすすめはできんよ」

でも、スロゲットさんは、はいていたスリッパを、さっさとぬぎました。

「まあ、ちょっと、はかせとくれ」

そして、そのスリッパに足をいれたとたん、スロゲットさんは、きゅうにすごい力《ちから》がわいてきたような、ふしぎな気分《きぶん》になったのです。

スロゲットさんは立ちあがりました。

「ほんとに、二ポンド半《はん》でいいのか？」

「ああ」

「買《か》った！」

スロゲットさんは、手をさしだしました。

「あくしゅといこう、アート」

ところが、ふたりが手をにぎったとたん、ロットさんが顔《かお》をゆがめて、声《こえ》をあげました。

「いてて、はなしてくれ、パース！　はなしてくれ。手の骨《ほね》が、折《お》れちまう！」

「お、そうか？　すまん、アート」

スロゲットさんは、あやまりました。

ロットさんはひざをついて、左手で右手をさすっています。

「なんとまあ！　なんとまあ！　骨《ほね》がくだけるかと思《おも》った。こんなに、ばか力《ぢから》だったっけか？　おまえさん、どうかしちまったんじゃないか？」

2

「どうも、へんだな」

新《あたら》しい青白チェックのスリッパをはいて家《いえ》にもどりながら、スロゲットさんは、ひとりごとをいいました。

「なにか、こう、全身《ぜんしん》に力《ちから》がみなぎっとる感《かん》じがする。まるで二十五さいにもどったみたいだ。七十五さいとは、とても思《おも》えん。ステッキなんぞ、じゃまでしょうがない。この道路《どうろ》だって、ひとっとびでとびこせそうな気がするぞ」

スロゲットさんは右を見て、左を見て、車がこないか、たしかめました。きません。

スロゲットさんは右を見て、左を見て、通行人《つうこうにん》がいないか、たしかめました。

いません。

しっかりと新《あたら》しいスリッパにつまさきをおしつけ、かがみこむと、スロゲットさんは道路《どうろ》のむこうがわへ、ジャンプしてみました。

たっぷり十メートルはある車道《しゃどう》を、かるがるととびこえたスロゲットさんは、はんたいがわの歩道《ほどう》に、はねのようにふわりと着地《ちゃくち》しました。

スロゲットさんは、自分《じぶん》がはいているスリッパを、しげしげとながめました。

「ははーん、おまえさんだな」

もう一度《いちど》右を見て、左を見ましたが、あいかわらず、車も人もくる気配《けはい》はありません。

スロゲットさんは、スリッパをぬぎました。そして、かたほうの手にスリッパ、もういっぽうの手にステッキをにぎり、かがみこむと、さっきの場所《ばしょ》めざして、またジャンプしました。

着地《ちゃくち》したのは、ほんの一メートルさきの、みぞの中。くつしたすがたでそんなところにしゃがんでいるのは、なんとも、間《ま》がぬけています。スロゲットさんは、きゅうに七十五さいにもどったような、いや、もっと年よりになったような気がしました。

「おまえさんのせいだな、やっぱり」

スロゲットさんはスリッパにむかっていうと、また足をつっこみました。とたんに、体《からだ》じゅうを活力《かつりょく》がかけめぐるような、あのすばらしい感覚《かんかく》がもどってきました。足のうらから、はげ頭《あたま》のてっぺんまで、力《ちから》がぐんぐん、わきあがってくるようです。

うれしくなったスロゲットさんは、思《おも》わずスキップしました。すると、ちょっとはねただけなのに、三メートルはうきあがったではありませんか。

「はばとびばかりか、高《たか》とびもオーケーときた！」

スロゲットさんはいいました。

「走《はし》ったって、きっとはやいぞ。シカもびっくり、だ。オリンピックに出たら、金メダル、ひとりじめだな。ほ、ほ。かみさんのやつ、びっくりするだろうて」

けれども、家《いえ》についたとき、スロゲットさんは、おくさんには、なにもいわないでおくことにしました。とりあえず、いまのところは。

おくさんは、せんたくものを干《ほ》しているところでした。

「どこにいってたの？」

「アートんとこさ」

「どうせ、また古《ふる》ぼけたスリッパはいて、でしょ」

「いきはそうだが、帰《かえ》りは新《あたら》しいスリッパだよ」

「ほんとに、あんたって人は、もう！」

おくさんがいいました。

「スリッパなんかで、表《おもて》をうろついたりして。人《ひと》さまにどう思《おも》われるか、ちょっとは考《かんが》えたらどう？　おまけにいっつも、おんなじスリッパばかり買《か》ってきて！」

「こいつはちょっとばかり、ちがうんだよ」

そういって、スロゲットさんは家《いえ》にはいりました。そして、だんろのそばのひじかけいすにすわると、ステッキを両手《りょうて》でにぎりしめました。

「もう、おまえさんに用《よう》はない」

スロゲットさんは、がんじょうなトネリコの木でできたステッキを、まばたきするよりかんたんに、二つにへし折《お》りました。そして、二本かさねてさらにへし折《お》り、またそれをかさねて半分《はんぶん》に折《お》ると、八つになった木ぎれを、だんろになげこみました。

スロゲットさんは、しばらく、木ぎれがもえるようすをながめていました。それから、足のうらをあたためようと、スリッパをぬいで、足をだんろのほうにのばしました。

すると、スリッパをぬいだとたん、スロゲットさんの気分《きぶん》が、がらりとかわりました。ほんとうにくたびれているわけではないけれど、どうだっていいさほっといてくれ、というような、ちょっと、けだるい気分《きぶん》になったのです。いつもの自分《じぶん》にもどったスロゲットさんは、目をつぶりました。そして、いつものように、うたたねをはじめました。

目がさめると、おくさんが、あの新《あたら》しいスリッパを手にして、そばに立っていました。

「ん、どうした？　それを、こっちにおくれ」

スロゲットさんがいうと、おくさんは、スリッパをふってみせました。

「結婚《けっこん》して五十年になりますけどね、パーシー・スロゲット」

おくさんはいいました。

「五十年、あんたはずーっと、スリッパのはきつづけ。はたらいてたころは、それでもまだましだったけど――会社《かいしゃ》には、くつをはいていくしかなかったものね――この十年はもう、スリッパ、スリッパ、スリッパ。明《あ》けてもくれてもスリッパ、うちの中でも外《そと》でもスリッパ。風《かぜ》の日だろうがなんだろうが、スリッパ。こんないまいましいもの、もう、見るのもうんざりだわ」

おくさんは腹《はら》だたしげに、青白チェックのスリッパを、またふってみせました。

「でね、いいことを思《おも》いついたの。これを、だんろでもやしちゃおうって」

「だめだ。だめだ。だめだ！」

スロゲットさんは、ほえるようにいうと、あわてて立ちあがろうとしました。

「やめとくれ。ああ、メアリ・アン、たのむ。そのスリッパだけは、かんべんしとくれ！」

「いままでのと、どこがちがうっていうのよ？　いつも、おんなじのばっ

かり買《か》ってくるくせに」

おくさんは、ためいきをつきました。

「あたしがこれをもやしたって、どうせまたアーサー・ロットのお店《みせ》にいって、おんなじのを買《か》ってくるんでしょ」

おくさんは、ふんと鼻《はな》を鳴《な》らすと、スリッパをゆかに、ほうりました。

スロゲットさんは、あわててひろいあげました。

「ふう、あぶなかったな」

スロゲットさんは、スリッパにむかっていいました。

「間《かん》いっぱつだった」

スロゲットさんはテレビをつけ、また、いすにこしをおろしました。

テレビでは、クイズ番組《ばんぐみ》をやっていました。問題《もんだい》が次《つぎ》つぎに出され、正《せい》解《かい》した人だけが、さきにすすむことができます。そして勝《か》ちのこった人が賞品《しょうひん》をもらえるのですが、全問正解《ぜんもんせいかい》だと、すばらしい賞品《しょうひん》、たとえばぴかぴかの新車《しんしゃ》などが手にはいるのです。

スロゲットさんはスリッパを手にしたまま、テレビに見入っていました。

「ほう、知《し》らなんだ」

正解《せいかい》が発表《はっぴょう》されるたびに、スロゲットさんはつぶやきます。

「ほう、そうだったのか」

「ほう、ちっとも知《し》らなんだ」

テレビに見とれながら、スロゲットさんは知《し》らず知《し》らず、スリッパをはいていました。

「いよいよ、さいごの問題《もんだい》です」

司会者《しかいしゃ》が、さいごのひとりとなった解答者《かいとうしゃ》にむかっていいました。

「この問題《もんだい》に答《こた》えられれば、あこがれの高速《こうそく》マシン、マッツォレーリが、あなたのものになるのです！」

銀色《ぎんいろ》にかがやくスポーツカーが、アップになりました。

「せいげん時間《じかん》は六十秒《びょう》。では、さいごの問題《もんだい》です。というより、さいごの六問《もん》というべきかもしれません。ヘンリー八世《せい》の六人の妻《つま》の名前《なまえ》を、結《けっ》婚《こん》した順《じゅん》にあげてください。はい、スタート！」

解答者《かいとうしゃ》がひっしで名前《なまえ》をひねりだすよりはやく、スロゲットさんは先生にあててもらおうとする小学生のように、はい、はい、はい！　とはりきって手をあげ、どなりました。

「アラゴンのキャサリン、アン・ブーリン、ジェーン・シーモア、クレーブスのアン、キャサリン・ハワード、キャサリン・パー！」

まだ、十秒《びょう》もたっていません。

テレビの解答者《かいとうしゃ》のほうは、けっきょく答《こた》えをまちがえ、車をもらいそこねました。ざんねん賞《しょう》の食器《しょっき》洗《あら》い器《き》をうけとっているところをながめながら、スロゲットさんは、ふしぎでたまりませんでした。

「なんで、答《こた》えがわかったんだろう？　ヘンリー八世《せい》に『六人の妻《つま》』がいたことくらいは、わしだって知《し》っとるが、名前《なまえ》なんぞ、暗記《あんき》したおぼえはないのになあ」

そのうちに、はっと思《おも》いあたりました。もしかして、このスリッパのせいか……？　このまほうのスリッパは、力《ちから》を強《つよ》くするばかりか、頭《あたま》のはたらきまでよくしてくれるのかもしれん。

スロゲットさんは、テレビをけしました。

おくさんが、ドアから顔《かお》をのぞかせました。

「なにをどなってたの？」

「クイズ番組《ばんぐみ》を見てたんだ」

スロゲットさんは答《こた》えました。

「じつに、やさしい問題《もんだい》ばかりだった。わしが出たら、いつでも優勝《ゆうしょう》まちがいなしだよ」

「あんたが？　ほ！」

おくさんは、鼻《はな》でわらいました。

「新聞《しんぶん》のクロスワードだって、いつも、マスを二つ三つうめるのがやっとじゃないの。それも、いちばんやさしいやつなのに」

おくさんが顔《かお》をひっこめると、スロゲットさんは、きょうの新聞《しんぶん》と

ペンを手にとりました。

いつものクロスワードをやってみると、答《こた》えがすらすらわかります。ぜんぶのマスをうめるのに、たったの五分《ふん》しかかかりませんでした。もっとふくざつな、上級《じょうきゅう》クラスのクロスワードもやってみました。こちらは十五分《ふん》で、マスがぜんぶうまりました。

スロゲットさんは、ひじかけいすに深《ふか》ぶかとすわると、にんまりしました。

「パーシー・スロゲットよ」

うきうきしながら、スロゲットさんはひとりごとをいいました。

「おまえさん、なかなかどうして、すてたもんじゃないぞ」

3

　スロゲットさんは、その日ベッドにはいるまで、せっせと頭《あたま》をつかいました。

　スロゲットさんが頭《あたま》をつかうなんて、めったにないことでした。自分《じぶん》で考《かんが》えてなにかを決《き》めるなんていう、めんどうなことをするよりも、ぼーっと運命《うんめい》にながされているほうが、すきだったからです。

　けれども、こうしてまほうのスリッパをはいていると、スロゲットさんの頭《あたま》は、フル回転《かいてん》してしまうのでした。

頭《あたま》も体《からだ》もいままでとは大ちがいだ、とスロゲットさんは思《おも》いました。この頭脳《ずのう》と体力《たいりょく》があれば、なんだってできるわい。とはいっても、一つ、たしかなことがある。このことは、ひみつにせんとなあ。

というわけで、スロゲットさんは、マスをぜんぶうめたクロスワードを新聞《しんぶん》からやぶりとって、くしゃくしゃにすると、だんろにほうりこみました。おくさんはめったに新聞《しんぶん》をよまないのですが、まあ、ねんのためです。だんろでもえる新聞《しんぶん》を見ているうちに、スロゲットさんは、だいじなスリッパが、もうすこしでおなじ運命《うんめい》をたどるところだったことを思《おも》いだしました。

このスリッパをそのへんにおいといたら、かみさんのやつ、また、だんろにくべようとするかな？　ねんのため、スリッパをはいたまま、ねようか？　いや、そんなことをして、ばれたら、またひとさわぎおこるぞ……。

あれこれ考《かんが》えたすえ、スロゲットさんは、おくさんがぐっすりねむりこんだころを見はからって、寝室《しんしつ》にいきました。それから、スリッパをまくらの下にかくしました。そして、そのまくらに頭《あたま》をのせると、ようやく安心《あんしん》して、夢《ゆめ》の国《くに》にただよっていきました。

ヘンリー八世《せい》に六人のかみさんがいたことは知《し》っとったが……。ねむりにおちていきながら、スロゲットさんは考《かんが》えていました。かみさんたちの名前《なまえ》なんぞ、知《し》らなかったはずなんだ……。

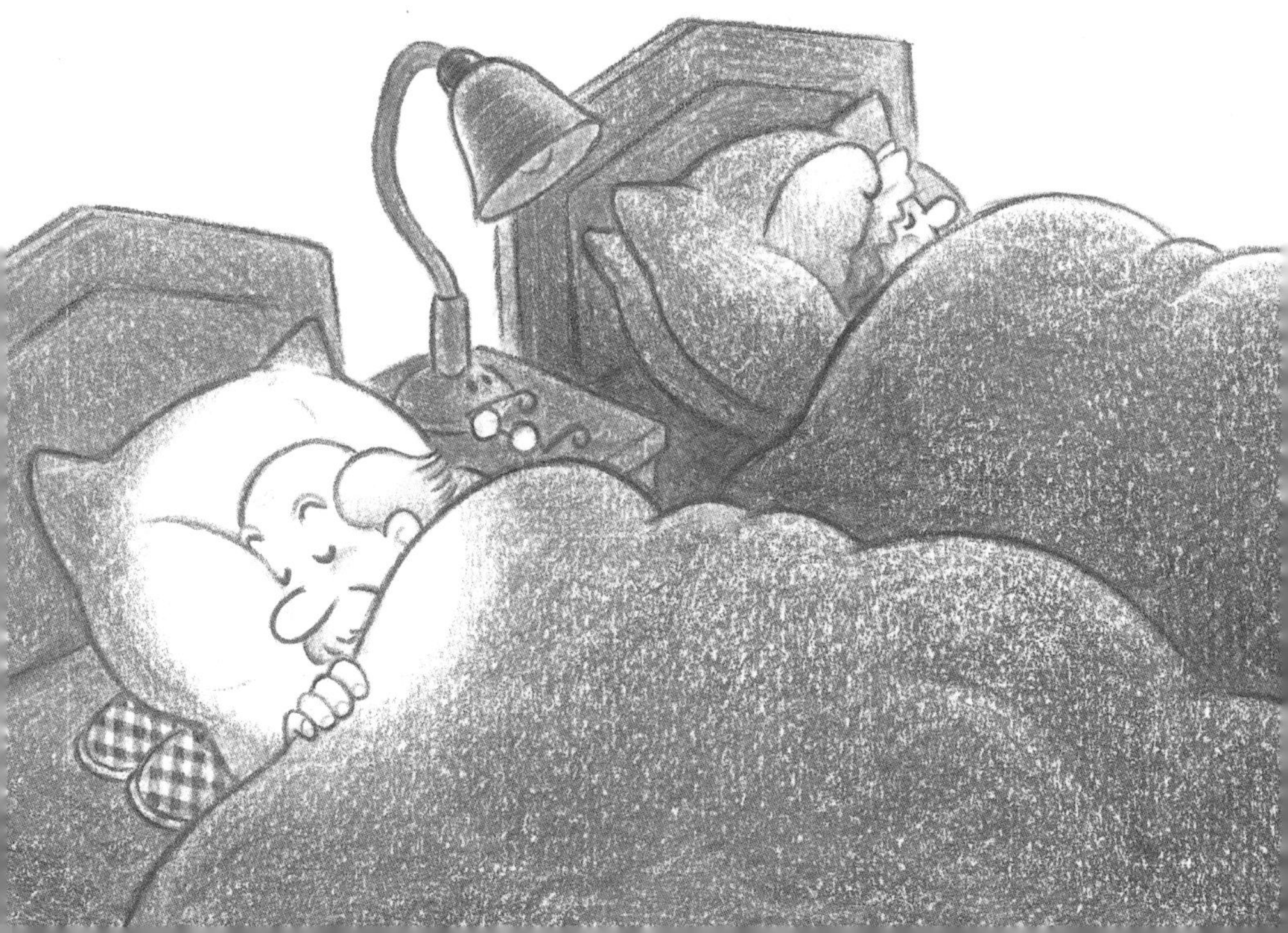

次《つぎ》の朝《あさ》、スロゲットさんは目がさめても、ねむっているふりをしていました。そして、おくさんがおきだして、きがえて一階《かい》におりていくのを見とどけてから、ようやく、ふとんをはねのけました。

まくらの下からスリッパをとりだし、ベッドのはしにこしかけると、スロゲットさんはちょっとのあいだ、スリッパを宙《ちゅう》にかざしてみました。ヘンリー八世《せい》の六人の妻《つま》の名前《なまえ》をいってみようとしましたが、まるっきり、うかんできません。

それから、スリッパをはくと……すらすらと、六人の名前《なまえ》が正しい順番《じゅんばん》で、口からながれでてきました。

「こんなことが、ほんとにあるとはなあ」

スロゲットさんは、つぶやきました。

「おまけに、たったの二ポンド半《はん》ときてる」

そのとき、スロゲットさんは、スリッパの寿命《じゅみょう》が長《なが》くはないことを思《おも》いだしました。

長《なが》くて六か月。もっとはやくすりきれちまうことも、あったっけな。どうしたら、長《なが》もちさせられるだろう？　なるべく、はかないようにするか？　もちろん、はくのをやめれば、すりきれることはないが……。アートのところに、もう一足買《か》いにいって、ふだんはそっちをはくようにするか？

「いやいや、けちくさいことを考《かんが》えるな」

スロゲットさんは、つぶやきました。

「こいつをはけるあいだ楽《たの》しめば、じゅうぶんじゃないか。あんがい、長《なが》もちするかもしれん。なんたって、まほうのスリッパだからな。わしより長生《ながい》きする可能性《かのうせい》だってあるぞ。こっちはもう、いい年なんだし」

朝《あさ》ごはんのとき、おくさんはスロゲットさんの頭《あたま》ごしに、かべにはってあるカレンダーに目をやりました。

「もう、十月の三十日。はやいわねえ」

おくさんはいいました。

「このちょうしじゃ、あっというまに、クリスマスだわね」

スロゲットさんはコーンフレークをすくいながら、カレンダーも見ずにいいました。

「五十六日ある。クリスマスまで、あと五十六日だ」

「ずいぶん、計算《けいさん》がはやいじゃない」

おくさんがいいました。

「かんたんさ。十月はきょうをいれて、あと二日。十一月は三十日。十二月はクリスマスまで二十四日。どんなアホだって、すぐわかる」

「ほ。頭《あたま》のよろしいことで。そのうち、クリスマスまであと何時間《なんじかん》、なんていいだすんじゃない？」

「一三四四時間《じかん》だよ」

スロゲットさんはすぐさま、答《こた》えました。そして時計《とけい》を見て、つけたしました。

「いや、九時間《じかん》、ひくべきだな。いま、朝《あさ》の九時《じ》だから。つまり、あと一三三五時間《じかん》でクリスマスだ。ついでにいうと、八〇一〇〇分《ぷん》で、秒《びょう》でいうと四八〇六〇〇〇秒《びょう》だ」

おくさんは、鼻《はな》でわらいました。

「はん！　かつごうったって、そうはいきませんよ、パーシー。てきとうな数字《すうじ》をでっちあげてるんでしょ！」

朝《あさ》ごはんがすむと、スロゲットさんは、ロットさんのお店《みせ》にむかいました。歩《ある》いているうちに、ふと、こんなことが気になってきました。

この青白スリッパがまほうのスリッパなのは、まちがいない。だが、ほかの人がはいたら、どうなるんだろう……？

ほかの人にとっても、まほうのスリッパなのでしょうか？　それとも、スロゲットさんがはいたときだけ、ふしぎな力《ちから》がはたらくのでしょうか？

アートがはいても、まほうがはたらくんだろうか？

ちがうといいがな、とスロゲットさんは思《おも》いました。とにかく、たしかめるには、はいてもらうしかありません。

ロットさんは、いつものように、下のドアにもたれていました。

「おはよう、パース」

ロットさんがいいました。

「ま、はいんなよ。新《あたら》しいスリッパ、はきごこちはどうだい？」

「すばらしいよ。あれとおなじやつは、もう、ないのか？」

「ないね。一足かぎりさ」

だろうな、と思《おも》いながら、スロゲットさんはきいてみました。

「なあ、アート、きのうはテレビを見たか？」

「すこしはな」

「クイズ番組《ばんぐみ》は？」

「見たよ。わしがあのスポーツカーをもらえる見こみは、まったくなかったな。賞品《しょうひん》がうちのおんぼろフォードでも、むりだったね」

「あのさいごの問題《もんだい》、ほら、ヘンリー八世《せい》の六人の妻《つま》の名前《なまえ》、あれは、どうだった？」

「わかるもんか。歴史《れきし》は、大《だい》のにがてだったんだ」

「司会者《しかいしゃ》が正解《せいかい》をいうところは、見てたんだろ？」

「気にとめちゃいなかったがね」

「じゃあ、いまも名前《なまえ》はわからないままか？」

「とんと、知《し》らんね」

ちょっとのあいだ、ふたりともだまっていました。やがて、スロゲットさんが口をひらきました。

「アート、くつのサイズは、いくつだったかね？」

「おまえさんとおなじさ、パース。二十八センチだよ」

「ちょっと、このスリッパをはいてみないか？」

「なんでかね？」

「む。いや、はきごこちが、すごくいいもんでな。いままで、さいこうなんだ。まあ、はいてみてくれ」

「かまわんよ」

ロットさんは、くつをぬぎました。

「だが、いま、お客《きゃく》がはいってこないことをいのるね。スリッパでお出むかえなんて、間《ま》がぬけとるからな」

スロゲットさんも、スリッパをぬぎました。そのとたん、ヘンリー八世《せい》の妻《つま》の名前《なまえ》など、すっぽり頭《あたま》からきえてしまったことがわかりました。

さあて、とスロゲットさんは思《おも》いました。アートがスリッパをはいたぞ。六人の名前《なまえ》はわかるかな？　わからんと、いいんだが。

「で、ほんとに知《し》らなかったのか、アート？」

スロゲットさんは、おそるおそる、きいてみました。

「なんのことだ？」

「クイズだよ。ヘンリー八世《せい》の、六人の妻《つま》の名前《なまえ》」

「知《し》らなかったね」

「いまも、わからんのか？」

「わからんね」

ロットさんはいいました。

「いいか、パース。わしは、その王さまにかみさんが六人もいたことさえ、知《し》らなかったんだ。わしなんぞ、かみさんひとりだって、もてあましてるってのに。ほれ、おまえさんのだいじなスリッパ、おかえしするよ」

4

スロゲットさんには、子どもがいません。

いっぽう、ロットさんにはむすこがひとりいて、そのむすめ、つまりロットさんの孫《まご》むすめは、しょっちゅうおじいさんのところに、とまりにきます。

くるくるした赤い巻《ま》き毛《げ》の人なつこい子で、ほんとうはローラという名《な》前《まえ》ですが、ほんのおちびさんのころから、ずっとローリーと呼《よ》ばれていました。

そして、ほんのおちびさんのころから、ローリーは、おじいさんの友《とも》だちのスロゲットさんとなかよしで、『パーシーおじちゃん』と呼《よ》んで、なついていました。

スロゲットさんは、思《おも》っていることをあれこれ他人《たにん》に話《はな》す人ではありません。だから、おくさんにもいったことはありませんが、心《こころ》の中では、わしにも孫《まご》がいたらよかったんだがな、と思《おも》っていました。

そうさな、小さい女の子なら、なおいい。それも、くるくるした赤い巻《ま》き毛《げ》の、そう、ローリー・ロットみたいな女の子なら、さいこうなんだが。

ローリーがとまるのは、ロットさん夫妻《ふさい》がくらしているお店《みせ》の二階《かい》です。ローリーがとまりにくるたびに、スロゲットさんがお店《みせ》による回数《かいすう》が、ぐっとふえます。そして、スロゲットさんがお店《みせ》によるたびに、こんな、おきまりのあいさつがかわされます。

「おはよう、アート」

「おはよう、パース」

「やあ、おはよう、ローリー」

「おはよう、パーシーおじちゃん」

「あー、アート。わしは、となりの菓子屋《かしや》にいくところだが、ローリーはいっしょにいきたいなんて、思《おも》わんだろうなあ?」

「ああ、いきたがるとは思《おも》えんね」

「いきたいってば、おじいちゃん! いく、いく、パーシーおじちゃん!」

ローリーがはしゃいで、声《こえ》をあげます。そして、はげ頭《あたま》ののっぽじいさんと赤毛《あかげ》の小さい女の子は、つれだって、おとなりに出かけていくのです。

ふたりがもどってくると、ロットさんがきまって、こういいます。

「おまえさん、あまやかしすぎだよ、パース。わしよりひどい」

「いいじゃないか。こんどだけさ、アート」

「よくいうよ、パース！　こんどだけ、とな。よくいうよ！」

そう、たとえばローリーが一週間《しゅうかん》とまるとすると、『パーシーおじちゃん』は、六回《かい》はお店《みせ》にやってくるのでした。もちろん、お店《みせ》にきたからといって長居《ながい》はしませんし、お店《みせ》がしまっている日曜日《にちようび》にはきません。でも、ローリーがとまりにきたときくと、スロゲットさんは、うれしくて、じっとしていられなくなるのでした。

さて、スロゲットさんがまほうのスリッパを買《か》ってから、それほどたたないうちに、ローリーがまた、おじいさんのうちにとまりにきました。ほどなく、スロゲットさんもいつものように、お店《みせ》にあらわれました。

そして、いつものようにローリーとお菓子屋《かしや》さんで買《か》いものをしていたら、いいことを思《おも》いつきました。

スロゲットさんは、まほうのスリッパのことを、おくさんにはぜったいに話《はな》すまいと決《き》めていました。アートにも、ほかのだれにも話《はな》すまい。そう決《き》めてはいたのですが、心《こころ》のおくでは、だれかにひみつをうちあけたくて、たまらなかったようです。いま、そのことに、とつぜん気がついたのです。

うちあけるなら、子どもにかぎる！　ありがたいことに、子どもは、まほうというものを信《しん》じてくれるからな。そう、このローリーなら、もんくなし、おあつらえむきじゃないか……。

お菓子屋《かしや》さんを出て、となりのくつ屋《や》さんまで三メートルばかりの道《みち》をもどるとちゅう、スロゲットさんは立ちどまって、足もとをゆびさしました。

「ローリー、わしがはいているのは、なにかな？」

「スリッパ」

ローリーは答《こた》えました。

「パーシーおじちゃん、いっつもスリッパだもんね」

「まあな。だが、これは、いつものとはちがう。とくべつなものなんだよ」

「まだ、新《あたら》しいもんね」

「あ？　ああ。でも、いつもとちがうってのは、そういう意味《いみ》じゃない。どうだろう、ローリー、あんた、ひみつをまもれるかな？」

ローリーはチョコバーを、ひとかじりしました。

「うん」

「だれにもいわないって、やくそくできるかな？　とうさんにも、かあさんにも、おじいちゃんにも、おばあちゃんにも、友《とも》だちのだれにもいわないって。おじちゃんとローリーふたりだけのひみつ、まもれるかね？」

ローリーは、また、チョコバーを
かじりました。

「うん」

「やくそくだよ？」

「うん。パーシーおじちゃん、
やくそくします」

「よし、では教《おし》えよう。このスリッパは……」

スロゲットさんは、スリッパをゆびさして、つづけました。

「まほうのスリッパなんだ。こいつをはくと、なんでも
わかるようになるし、なんでもできるように
なるんだよ」

「わあ、ほんと？　やってみせて」

ローリーがいいました。

「いいとも。なにをしてみせようか？」

「飛《と》んで！」

「飛《と》んで？」

「そう。飛《と》ぶの。鳥《とり》みたいに」

「おいおい、ローリー。そいつは、むりだ」

「だって、なんでもできるって、いったよ」

「人間《にんげん》にできることなら、って意味《いみ》だよ。飛《と》ぶなんて……人間《にんげん》には、むりだろう？」

「わかった」

ローリーがいいました。

「じゃあね、さかだち。さかだちなら、むりじゃないよね」

「うーん」

スロゲットさんはいいました。

「じつはな、さかだち、ちゅうのは、どうやるもんだか、知《し》らんのだよ」

チョコバーのさいごのひとかけが、ローリーの口の中にきえました。

「あのね、まずしゃがむの。それから、頭《あたま》のてっぺんを地面《じめん》につけて、頭《あたま》のそばにぺたっと手をついて、地面《じめん》をけって、空にむかって足をまっすぐ、のばすの」

スロゲットさんは、まほうのスリッパにしっかりと、つまさきをおしつけました。

さあ、がんばれ、パーシー。

スロゲットさんは、自分《じぶん》をはげましました。

やれば、できるはずだ。

スロゲットさんは歩道《ほどう》にしゃがんで、頭《あたま》のてっぺんを地面《じめん》につけ、頭《あたま》のそばにぺたっと手をついて、地面《じめん》をけって、空にむかって足をまっすぐ、のばしました。

「これで、いいのかな？」

さかさまになったまま、スロゲットさんはいいました。

「わあ、じょうず、パーシーおじちゃん。ほんとに、まほうのスリッパなんだね！」

そういうと、ローリーもならんで、さかだちをしました。

そのとき、くつ屋《や》さんのお店《みせ》の、あけっぱなしにしてある上のドア口《ぐち》から、ロットさんが顔《かお》をつきだして、外《そと》をながめました。

ロットさんの目にとびこんできたのは、孫《まご》むすめのローリーと、友《とも》だちのパースが、それぞれの頭《あたま》を——赤い巻《ま》き毛《げ》と、つるつるの頭《あたま》を——歩《ほ》道《どう》につけて、さかだちしているすがたでした。

5

ロットさんはお店《みせ》から出てくると、しゃがんで、さかさまになっているスロゲットさんの顔《かお》を見つめました。

「おまえさんにさかだちができるとは、知《し》らなかったね、パース。とんと、知《し》らなかったよ」

自分《じぶん》でも知《し》らなかったさ、と思《おも》いながら、スロゲットさんはいいました。

「なんにだって、はじめてのときがあるもんさ」

そろそろと足をおろすと、スロゲットさんは歩道《ほどう》に立ちました。

ローリーもさかだちをやめて、立ちあがりました。

「ねえ、おじいちゃん、パーシーおじちゃんって、すごいよね！」

「まったくな！」

ロットさんは、うなずきました。

「お次《つぎ》は、なにをやらかしてくれるんだ？」

なんだってできるさ、とスロゲットさんは思《おも》いました。このスリッパさえはいていればな。いや、飛《と》ぶことはできないが……。でも、口に出しては、ひかえめに、こういっただけでした。

「いや、べつに」

「ああそうだ、ローリー、おまえに注意《ちゅうい》しとくことがあった」

ロットさんがいいました。

「パーシーおじちゃんは、たいした力《ちから》もちなんだよ。このあいだあくしゅしたときなんか、おじいちゃん、手の骨《ほね》がくだけるかと思《おも》ったね。いいかい、ローリー、ぜったい、おじちゃんとあくしゅしちゃいけないよ」

「おいおい、わしは、ローリーにいたい思《おも》いをさせるようなことはせんよ。ぜったいに。わかっとるだろうに、アート」

スロゲットさんが口をはさむと、ロットさんはいいました。

「わしゃ、いたい思《おも》いをしたぞ」

「あんときゃ、力《ちから》のかげんがわからなかったんだ。すまなかったな」

スロゲットさんは、しょうじきにいいました。

そのとき、お客《きゃく》さんがやってきたので、ロットさんは、いそいでお店《みせ》の中にもどっていきました。

「パーシーおじちゃん、さかだちしたの、ほんとにはじめてなの？」

ローリーにきかれて、スロゲットさんはうなずきました。

「おじちゃん、ほんとに、そんなに力《ちから》もちなの？　おじいちゃんがいってたの、ほんと？」

スロゲットさんは、また、うなずきました。そして、そばにとめてあった車のうしろに手をかけると、ひょい、ともちあげてみせました。

車の後輪《こうりん》が、かるがると、うきあがりました。

「うっひょー！」

ローリーが声《こえ》をあげました。

「さっきもいったが、このスリッパのおかげなんだよ」

スロゲットさんはいいました。

「こいつのおかげで、頭《あたま》だってさえとるぞ。なにか、問題《もんだい》を出してごらん。なんでもいいよ、ローリー。どんな問題《もんだい》だって、答《こた》えてみせるから」

ローリーはすこし考《かんが》えて、いいました。

「エベレストの高《たか》さは？」

「八八四八メートル」

スロゲットさんは、すぐに答《こた》えました。

「ほれ、お次《つぎ》は？」

「チャールズ皇太子《こうたいし》のフルネームは？」

「チャールズ・フィリップ・アーサー・ジョージ」

「じゃあ、これは？　たぶん、おじちゃんにはわからないと思《おも》うけど。スパイス・ガールズのメンバーの名前《なまえ》」

「ポッシュ、ベイビー、スポーティ、スケアリー。ジンジャーはもう、メンバーからぬけとる」

「うっひょー！」

ローリーは、スロゲットさんのスリッパを見ました。

「わたしがはいても、まほう、はたらくかな？」

「だめなんだ。わしにしか、きかないんだよ」

「へえ、すごーい。いいな、おじちゃん。力《ちから》が強《つよ》くなって、頭《あたま》もよくなるなんて」

ローリーはいいました。

「スパイス・ガールズを知《し》ってるなんて、思《おも》わなかった。かっこいい！きっと、オアシスのことも知《し》ってるね。メンバーのうち、だれとだれが兄《きょう》弟《だい》か、わかる?」

「わかるとも。リアム・ギャラガーとノエル・ギャラガー」

ローリーは感心《かんしん》して、頭《あたま》をふりました。赤い巻《ま》き毛《げ》が、ひゅんひゅん、ゆれます。

「うっひゃー!」

しばらくして家《いえ》に帰《かえ》ってきたスロゲットさんは、ひじかけいすにすわり、つまさきをあたためようと、スリッパをぬぎました。

台所《だいどころ》では、おくさんが大きな音で、ラジオをかけています。

なにやら、やかましい音楽《おんがく》がながれはじめました。

おくさんが、へやにはいってきました。

「あら、お帰《かえ》りなさい」

「え、なんだって?」

スロゲットさんはいいました。

「よく、きこえないよ。あんなにラジオがうるさくちゃ。まったく、なんだね、あのけたたましいれんちゅうは？　あんな騒音《そうおん》をたてとるのは、なんちゅうやつらかね？」

「オアシス、とか、いってたけど」

「オアシス？」

スロゲットさんはいいました。

「そんな名前《なまえ》、きいたこともないな」

6

スロゲットさんと、おくさんのメアリ・アンは、結婚《けっこん》してこのかた五十年、子どもこそいなかったものの、ずっとしあわせにくらしていました。

でも、もしかすると、へやにまよいこんだハエなどは、ふたりの仲《なか》がわるいと思《おも》うかもしれません。ふたりはよく、いいあらそいをしているからです。

いいあらそいのたねは、さまざまでした。たとえば、スロゲットさんはよく、おまえはラジオの音を大きくしすぎる、と、もんくをいいました。

いっぽう、おくさんがしょっちゅうこぼすのは、あんたってば、またスリッパはいて、ということでした。

とはいえ、口げんかはすぐおわり、いがみあったまま次《つぎ》の日をむかえたことなど、一度《いちど》もありませんでした。

ふたりとも、口にこそ出しませんでしたが、おたがいのことが大すきだったのです。

十一月になり、今年《ことし》もまたスロゲットさんは、おくさんへのクリスマスプレゼントをなににしようかと、いっしょうけんめい考《かんが》えはじめました。おくさんは毎年《まいとし》、クリスマスをとても楽《たの》しみにしています。それでスロゲットさんも毎年《まいとし》、なにをプレゼントしたらいちばんよろこんでもらえるかと、頭《あたま》をなやますのでした。もちろん、お金もちではないので、ささやかなプレゼントしかできませんが。

でも、今年《ことし》は、まほうのスリッパという強《つよ》い味方《みかた》がいます。これをはいていれば、おくさんがびっくりするような、すばらしいプレゼントをあげられるかもしれません。

いままでのところ、スロゲットさんは、せっかくのまほうを、あまり利《り》用《よう》してはいません。もちろん、新聞《しんぶん》のクロスワードパズルの上級《じょうきゅう》クラスをやってみることはあります（やさしいほうは、もう、やってみる気もしませんでした）。いちいち書《か》きこんだりはしないで、頭《あたま》の中でといてみるだけですが、いつだって答《こた》えがすらすらうかんでくるので、いい気分《きぶん》です。テレビのクイズ番組《ばんぐみ》を見ているときも、スリッパのおかげで、どんなジャンルの問題《もんだい》だろうが、答《こた》えはぜんぶ、わかってしまいます。

何回《なんかい》か、スーパーマンなみの体力《たいりょく》を役《やく》だてたこともあります。たとえば、夕方《ゆうがた》おそく、手紙《てがみ》を出しにいったとき。オリンピック選手《せんしゅ》もまっさおというスピードでポストまでダッシュしたおかげで、ゆうびん屋《や》さんが集《あつ》めにくるのに、ぶじ、まにあいました。

庭《にわ》のすみにある古《ふる》い木をきることにしたときも、そうです。電信《でんしん》ばしらなみに太《ふと》い、大きな木でしたが、まほうのスリッパをはいたスロゲットさんにとっては、ものの数《かず》ではありません。

おのを、ひょいとふるうと、わりばしみたいにあっさりと、たおれてしまいました。

とはいえ、おくさんへのクリスマスプレゼントを考《かんが》えるのに、体力《たいりょく》はかんけいありません。だいじなのは、頭《あたま》です。

うーむ、なにをあげるとしようか？　ずーっとまえから、ほしがっているもの。だけどねだんが高《たか》いから、買《か》わずにがまんしているもの。そんなものが、いいんだが……。

十二月になってもまだスロゲットさんは、プレゼントをなににするか、決《き》められずにいました。ところが、とうとうある日、いいぐあいに新聞広告《しんぶんこうこく》が目にとまったのです。

スロゲットさんは、だんろでつまさきをあたためながら、新聞《しんぶん》をながめていました。スリッパをぬいでいたので、頭《あたま》の回転《かいてん》もゆっくりしており、その広告文《こうこくぶん》を見ても、べつだん、なにも感《かん》じませんでした。

最新型《さいしんがた》・大容量《だいようりょう》の
マジックリーン全自動《ぜんじどう》せんたく・かんそう機《き》
配送代無料《はいそうだいむりょう》
わずか九九九・九九ポンドのお買《か》いどく品《ひん》!!

スロゲットさんは、つまさきをだんろであぶりながら、しばらく、うつらうつらしていました。やがて、足があたたまってきたので、スリッパをまた、はきました。

ひざにのっている新聞《しんぶん》は、さっきとおなじページがひらいたままです。

こんどは、見たとたん、文字が目にとびこんできました。

せんたく機《き》！　これだ！

かみさんのやつ、ずーっと、せんたく機《き》をほしがっていたじゃないか！

なんたって、せんたくものを古《ふる》ぼけたたらいにひたして、古《ふる》ぼけたせんたく板《いた》でこすって、古《ふる》ぼけたしぼり機《き》でしぼって、外《そと》にはこんで、物干《ものほ》しロープにとめて、なんて作業《さぎょう》は、たいへんだからな。なのに、いまだに、あいつはそうやって洗《あら》っとるんだ。クリスマスに、このせんたく機《き》をプレゼントしたら、どんなによろこぶだろう。だが、こんな大金《たいきん》、どうやって工面《くめん》したものやら……。

スロゲットさんは、新聞《しんぶん》のページをめくりました。すると、おどろいたことに、そこにはこんなことが書《か》いてあったのです。

今週《こんしゅう》の『こんなこと、知《し》ってる？』クイズ
次《つぎ》の三つの問題《もんだい》に正解《せいかい》すると、
賞金《しょうきん》一〇〇〇ポンドがあたります！

一〇〇〇ポンドだって？　スロゲットさんはびっくりしました。このせんたく機《き》を買《か》って、おつりがくるじゃないか。どれどれ？

1　ビッグベンとは、ロンドンにある国会議事堂《こっかいぎじどう》の時計塔《とけいとう》の、

A　塔《とう》のニックネームである。

B　鐘《かね》のニックネームである。

C　時計《とけい》のニックネームである。

2　エルビス・プレスリーの家《いえ》は、

A　ブルックランドと呼《よ》ばれている。

B　シャドウランドと呼《よ》ばれている。
C　グレースランドと呼《よ》ばれている。

3
次《つぎ》の鳥《とり》のうち、うしろむきに飛《と》べるのは？

A　ヘビクイワシ
B　ハチドリ
C　マネシツグミ

かんたんかんたん。スロゲットさんは、さっさと解答用紙《かいとうようし》に答《こた》えを書《か》きこみました。

1 B

2 C

3 B

そして、「ご住所《じゅうしょ》・お名前《なまえ》」のところも記入《きにゅう》して、ふうとうにいれると、切手《きって》をはりました。

「ちょっと手紙《てがみ》を出してくる」

おくさんに声《こえ》をかけると、「どうせ、スリッパはいて、でしょ」と、いつものように、いやみをいわれました。

「まあな」

「だれへの手紙《てがみ》？」

「新聞《しんぶん》のクイズに応募《おうぼ》するんだ。賞金《しょうきん》があたるらしいから」

「あたるわけ、ないじゃない」

「わからんぞ」

「のんきで、いいわね。こっちはこれから、せんたくものの山をかたづけなきゃいけないってのに」

おくさんがいいました。

「せめて、せんたく機《き》があったらねえ」

まあ、見てなさい。サンタクロースが、プレゼントしてくれるかもしれんぞ……。

スリッパすがたでぽくぽく、ポストにむかいながら、スロゲットさんは心《こころ》の中でいいました。

7

運《うん》がよかったとしか、いいようがありません。まほうのスリッパの力《ちから》ではなく、かけ値《ね》なし、まったくの幸運《こううん》でした。だって、『こんなこと、知《し》ってる？』クイズに正しい答《こた》えをおくった人は、ものすごくたくさんいたのです。なのに、スロゲットさんのふうとうがいちばんに開封《かいふう》されたおかげで、賞金《しょうきん》を射《い》とめることになったのですから！これはもう、幸運《こううん》の女神《めがみ》のおかげでした。

運《うん》がよかったことは、ほかにもありました。最新型《さいしんがた》・大容量《だいようりょう》の『マジックリーン全自動《ぜんじどう》せんたく・かんそう機《き》』が配達《はいたつ》されたのは、クリスマスの数日《すうじつ》まえで、ちょうどスロゲットさんのおくさんが、家《いえ》をるすにしているときだったのです。おねえさんが体調《たいちょう》をくずしたので、おくさんは身《み》のまわりの世話《せわ》をしに、三日ほどとまりにいっていました。

そして、おくさんがクリスマス・イブに帰《かえ》ってきたとき、また一つ、幸運《こううん》がかさなりました。夕方帰宅《ゆうがたきたく》したおくさんは、せんたくは、あしたでいいわ、と考《かんが》えたのです。

そんなわけでクリスマスの朝《あさ》、スロゲットさんは、おくさんの手をひっぱりながら、こんなふうにいうことができました。

「見せたいものがあるんだ、メアリ・アン。ちょっと目をつぶっててくれんか。いいというまで、あけてはいかんぞ」

家《いえ》のうら手にある洗《あら》い場《ば》までおくさんをつれていくと、スロゲットさんはいいました。

「よし。目をあけていいぞ」

おくさんは目をひらきました。と、その目はさらに大きく、まんまるになりました。

「パーシー！　いったい、これ……」

「メリー・クリスマス」

スロゲットさんはいいました。

「お気《き》に召《め》したかな？　これからは、せんたくも、らくになるな」

「だけど、どう……」

おくさんは、かすれ声《ごえ》になりました。

「あたったんだ」

と、スロゲットさん。

「ほら、おまえが、あたるわけがないっていった、あのクイズだよ」

「まあ、パーシー！」

おくさんは、スロゲットさんをだきしめ、家《いえ》にかけもどりました。そして、よごれものをかかえてもどってくると、さっそく、せんたく機《き》の使《つか》い方《かた》を教《おし》えてもらいました（スロゲットさんは、配達《はいたつ》にきた人たちから教《おそ》わっていました）。せんたく機《き》が自分《じぶん》でせんたくしおわると、かんそう機《き》が自分《じぶん》でまわって、かわかしてくれます。

もちろん、プレゼントはおくさんのお気《き》に召《め》し、スロゲットさんのねがいどおり、すばらしいクリスマスになりました。

その後《ご》しばらく、スロゲットさんがスリッパの力《ちから》をかりることは、あまりありませんでした。せいぜい、クロスワードをといたり、テレビのクイズ番組《ばんぐみ》を見たりするときに役《やく》だったくらいです。

だれも見ていないのをたしかめてから、ダッシュしてみたり、
高《たか》くとびあがったり、とてつもなく
重《おも》いものをもちあげたりして、
おもしろがることもありました。
でも、なにかとくべつな目的《もくてき》の
ためにスリッパを利用《りよう》する
ことは、なかったのです。
だからといって、
スロゲットさんが、
スリッパのまほうを
かるく見ていたわけでは
ありません。それどころか、

とてもだいじに思《おも》っていました。

このスリッパがあれば、いくらでもクイズに応募《おうぼ》できるぞ。ごうか賞品《しょうひん》だって、あたるかもしれん。車とかな……だが、車なんかあたってもしょうがないか。わしゃ、運転《うんてん》できないんだから。

かみさんはせんたく機《き》が手にはいって、あんなにうれしそうにしとる。ずーっと、ほしがってたんだからな。だが、わしにはこれといって、ほしいものはない。いまのままで、なんの不満《ふまん》があるでなし。のぞみといったら、このスリッパが、いつまでもすりきれないでいてくれることくらいだな……。

だんろのそばの、いつものひじかけいすにすわったまま、スロゲットさんは、スリッパをぬぎました。とたんにいつもの、どうだっていいさほっといてくれ、という、ちょっとけだるい気分《きぶん》がもどってきました。

スリッパをよくよく見ると、すこしすりきれていました。おどろくことではありません。もう、三か月近《ちか》く愛用《あいよう》しているのですから。ゴムの底《そこ》も、だいぶうすくなってきたようです。

スリッパをはいていないスロゲットさんには、そんなことも、どうだっていいように思《おも》えました。あと三か月だな。あと三か月で、このスリッパも寿命《じゅみょう》がくる。まあ、それもしかたなかろう？

スロゲットさんは、スリッパをはきました。

とたんに、すっかりおなじみになった力強《ちからづよ》い感覚《かんかく》がもどってきて、スロゲットさんの頭《あたま》も、フル回転《かいてん》をはじめました。

スリッパに寿命《じゅみょう》がくるのはしかたないが、そのまえに、なにか役《やく》にたつことにつかおうじゃないか。ぐずぐずしとると、手おくれになるぞ。しかし、なににつかえばよかろう？

かみさんにきくわけにはいかん。アートもだめだ。だれにも話《はな》してないんだから、だれにもそうだんできんな。いや、まて！　いるじゃないか。ローリーが！　あの子に、そうだんしてみるとしよう。

スロゲットさんは、ひじかけいすからさっと立ちあがると、大またでへやを出ていきました。ただし、台所《だいどころ》をとおるときは、わざと、いつものたよりない足どりにもどしました。

「どこにいくの？」

「ちょっと、村までな」

「どうせ、古《ふる》ぼけたスリッパはいて、でしょ」

「まあな。アートのとこまでいってくる」

「また、新《あたら》しいスリッパを買《か》いに、でしょ」

「いや、ちがう。こいつはまだまだ、何年《なんねん》ももつさ」

すくなくとも、あと何《なん》か月《げつ》かはもつじゃろ。もってくれるといいが……。

大またでお店《みせ》にむかいながら、スロゲットさんは思《おも》いました。

くつ屋《や》さんにつくと、いつものように半分《はんぶん》あいたドアから、ロットさんが外《そと》をながめていました。

「こんちは、パース。おまえさんのお友《とも》だちが、きとるよ」

ロットさんが下のドアをあけて、わきにどくと、お店《みせ》の中からローリーが出てきました。

「こんにちは、パーシーおじちゃん」

「これはこれは、ローリー。ちょうどよかった」

スロゲットさんはいいました。

「ちょっと、ききたいことがあってな」

「わかっとるよ、パース」

ロットさんが、口をはさみました。

「ローリー、となりの菓子屋《かしや》にいきたくはないかね？　と、こうきくつもりだろう？」

「あー、まあな。それもある」

「なら、ちょうどいい。一つ、たのみがあるんだ」

ロットさんがいいました。

「ちいっとばかり、ひまがあったらでいいんだが、パース」

「ひまなら、売《う》るほどあるとも、アート」

「じつはな、わしゃ、ローリーを公園《こうえん》につれてってやると、やくそくしてたんだ。店《みせ》はかみさんにまかせることにしてな。なのに、かみさんのやつ、きゅうに出かける用事《ようじ》ができちまって。よかったら、わしのかわりに、ローリーを公園《こうえん》につれていってもらえんかな？」

「よろこんで」

スロゲットさんは答《こた》えました。

ローリーが、にっと笑顔《えがお》を見せました。

「まずお菓子屋《かしや》さんにいってから、だよね、パーシーおじちゃん？」

そんなわけで、スロゲットさんは思《おも》いがけず、赤毛《あかげ》の小さな友《とも》だちとふたりきりで、楽《たの》しい時間《じかん》をたっぷりすごせることになったのです。スリッパのおかげというよりは、ついていたのでしょう。

ぶらんこにのり、すべり台《だい》をすべり、ジャングルジムでもたっぷり楽《たの》し

んだローリーは、とうとう息《いき》をきらしてベンチにもどってくると、はげ頭《あたま》の友《とも》だちのとなりに、こしをおろしました。

「ローリー」

スロゲットさんは話《はな》しはじめました。

「わしのまほうのスリッパのこと、おぼえとるかな？　まえに、ちょっと、話《はな》しただろう？」

「うん、パーシーおじちゃん」

「だれにも話《はな》しとらんだろうね？」

「うん、パーシーおじちゃん」

「あれから、わしはクイズに応募《おうぼ》して、賞金《しょうきん》をあてたんだよ。おかげで、うちのばあさんのほしがってたせんたく機《き》を買《か》えたんだ」

「うわー、すごいね」

ローリーは声《こえ》をあげました。

「だがね、そのあと、せっかくのまほうをつかう、あてがなくてな。わしにはこれといって、ほしいものはない。子どもも孫《まご》もおらん。さて、そこでだ、ローリー。あんたがアートの孫《まご》じゃなくて、わしの孫《まご》だったら、このスリッパをつかって、なんでも、ねがいをかなえてやるところだ。だったら、ほんとうの孫《まご》だろうとなかろうと、ねがいをかなえてやればいいじゃないか。わしゃ、そう気がついたんだよ。どうだい、ローリー？」

「すてき、パーシーおじちゃん」

「なにか、ほしいものはあるかね？」

スロゲットさんはききました。

「なんでもいいんだよ。ねだんなんか、気にせんでいい。自転車《じてんしゃ》かな？」

「もう、もってる」

「じゃあ、うで時計《どけい》か？」

「それも、もってる」

ローリーはいいました。

「パーシーおじちゃん、ほんとにほしいもの、いってもいい？」

「なんだい？」

「あのね、おじちゃんのみたいな、まほうのスリッパ」

8

「ううむ、そいつは、どうだかなあ、ローリー」

スロゲットさんはうなりました。

「世界《せかい》じゅうさがしたって、こいつのほかに、まほうのスリッパがあるかどうか、わからんぞ」

「じゃあ、そのスリッパ、はいてみてもいい、パーシーおじちゃん？　なにがおこるか、ためしてみたいの」

「なんにもおこらんよ、きっと」

スロゲットさんはいいました。

「あんたのおじいちゃんに、ためしにはいてもらったが、なんにもおこらなかったからな。わしにだけ、まほうがはたらくらしいんだよ」

「でも、ためしてみてもいい？」

「もちろん、いいとも。じゃあ、くつをぬぎなさい」

スロゲットさんがスリッパをぬぐと、ローリーは小さな足をつっこみました。

「どうだ、なにか、かわった感《かん》じはするかい？」

「かわった感《かん》じって？」

「あー、そうだな。体《からだ》じゅうに力《ちから》があふれてる、そんな感《かん》じだよ。どんなむずかしい問題《もんだい》にも答《こた》えられるし、わしの頭《あたま》の上だってとびこせる、そんな感《かん》じがしないかい？」

「ううん、しない」
ローリーはいいました。
「ためしに、むずかしい問題《もんだい》、出してみて」
でも、スリッパをはいていないスロゲットさんは、
むずかしい問題《もんだい》など、出すこともできませんでした。
「じゃあ、とびこすほうをやってみるね」
ローリーはベンチから立ちあがると、
かがみこんで、思《おも》いきり高《たか》く
ジャンプしてみました。
でも、それはごくふつうの
ジャンプにすぎず、おまけに、
スリッパがぬげてしまいました。

ローリーは赤毛《あかげ》の頭《あたま》をふりながら、にっとわらいました。

「ほんとだ。わたしには、まほう、はたらかないね。はい、スリッパ。おじちゃんだと、どんなことができるか、やってみせて」

スロゲットさんはまた、まほうのスリッパをはきました。とたんに、全《ぜん》身《しん》に力《ちから》がみなぎるのを感《かん》じました。

だれも、見とらんだろうな……スロゲットさんは、あたりを見まわしました。

公園《こうえん》には、ほかにだれもいなかったので、スロゲットさんはぶらんこにすわり、ローリーに声《こえ》をかけました。

「見てなさい」

そして、ぐいぐい、ぶらんこをこぎはじめました。ぶらんこは、高《たか》く、もっと高《たか》くあがっていき、とうとう、ささえの横《よこ》ぼうをこえて、くるんと

一回転《かいてん》してしまいました。

空高《そらたか》くあがっては、くるん。また、空高《そらたか》くあがっては、くるん。ぶらんこの速度《そくど》は、どんどんあがっていきます。スロゲットさんの大車輪《だいしゃりん》ぶらんこに、ローリーはすっかり見とれていました。

「うっひょー」

とうとう、ぶらんこがとまってショーがおわると、ローリーは歓声《かんせい》をあげました。

「めちゃくちゃ、かっこよかった、パーシーおじちゃん。うちのおじいちゃんやおばあちゃんにも、見せてあげたいくらい」

「これこれ、話《はな》しちゃいけないよ、いいね？」

スロゲットさんはいいました。

「うん、わかってる」

「よし。じゃあ、そろそろ帰《かえ》るとするか。まあ、どんなプレゼントがほしいか、よく考《かんが》えておきなさい。だが、そのこともおじいちゃんたちに話《はな》してはいかんぞ。わしとあんただけのひみつだ。わかってるね、ローリー」

「うん、パーシーおじちゃん」

そう答《こた》えたときローリーは、わずか五分後《ふんご》に、このうえなく貴重《きちょう》なプレゼントをもらうことになるとは、夢《ゆめ》にも思《おも》っていませんでした。そのプレゼントとは、命《いのち》――そう、スリッパのまほうの力《ちから》で、スロゲットさんは、ローリーの命《いのち》をすくってくれたのです。

事件《じけん》は、公園《こうえん》からの帰《かえ》り道《みち》、ふたりが角《かど》をまがって、『くつ屋《や》 A・ロット』というかんばんのかかった、おなじみのお店《みせ》のむかいまできたときにおこりました。

「道《みち》をわたるあいだ、わしの手をはなすんじゃないよ」

スロゲットさんがいった、ちょうどそのとき、ふたりを見つけたロットさんが、お店《みせ》の中から手をふりました。

「やあ、お帰《かえ》り、ローリー!」

「ただいま、おじいちゃん!」

思《おも》わずローリーは、右も左も見ずに、おじいさん目がけて、まっしぐらに車道《しゃどう》をかけだしました。

まさに、このしゅんかん、車が猛《もう》スピードで角《かど》をまがってきたのです。車道《しゃどう》のまん中にいる赤毛《あかげ》の女の子は、まちがいなく、ひかれてしまうでしょう。

みんな、息《いき》をのみました。

このとき、ほんとのところなにがおこったのか、ロットさんには、どうもよくわかりません。あとから思《おも》いかえしてみると、はっきりしない点《てん》が

あるのです。

「あぶない！」と、自分《じぶん》がどなったことは、おぼえています。

急《きゅう》ブレーキの、耳をつんざくようなひびきも、おぼえています。

横《よこ》すべりした車が、なにかにぶつかって、ぼこっと、にぶい音をたてたことも、おぼえています。

そして、店《みせ》の前《まえ》の歩道《ほどう》にたおれこんだ孫《まご》むすめが、立ちあがって、無傷《むきず》で自分《じぶん》のうでにとびこんできたこと、そのとき、足の力《ちから》がぬけそうなくらいほっとしたことは、なによりもよく、おぼえています。

わからないのは、どうやって孫《まご》むすめの命《いのち》の恩人《おんじん》が、いきなり車の前《まえ》にあらわれたか、ということでした。その人が十メートルはある車道《しゃどう》をひとっとびしたところを、ロットさんは見ていなかったのです。

そして……この信《しん》じられないような大ジャンプをして、ローリーを車の前《まえ》からつきとばしてくれた人は、無傷《むきず》というわけにはいきませんでした。車道《しゃどう》には、のっぽではげ頭《あたま》のスロゲットさんが、スリッパすがたで、たおれていたのです。

9

救急車《きゅうきゅうしゃ》がきて、あわただしくいってしまったあと、関係者《かんけいしゃ》から事情《じじょう》をきいていたおまわりさんは、首《くび》をひねりました。車を運転《うんてん》していた人は、ひどくとりみだしてはいましたが、せいげん速度《そくど》をはるかにオーバーしていたことをみとめ、わるいのは百パーセント自分《じぶん》です、どんな罰《ばつ》でもうけますと、おまわりさんにいいました。

けれどもこの人は、けがをした老人《ろうじん》が超人的《ちょうじんてき》なジャンプをして女の子をすくったのだと、きっぱりいったのです。

「あんなジャンプを見たのは、ぼく、はじめてです。お年よりにしてはたいしたもんだ、なんてレベルじゃありません」

その人はいいました。

「あのおじいさん、はばとびの世界新記録《せかいしんきろく》だって、らくに出せますよ。まるで、空を飛《と》んでいるみたいだった。ほんとです、鳥《とり》みたいだった」

これをきいたおまわりさんが、よっぱらい運転《うんてん》にちがいないと思《おも》ったのも、むりはありません。でも、検査《けんさ》したところ、この人は、お酒《さけ》をぜんぜんのんでいなかったことがわかりました。

スロゲットさんはといえば、そこそこラッキーでした。スリッパのおかげというより、ついていたのでしょう。命《いのち》をおとすかわりに、足が二本折《お》れただけですんだのですから。

「きれーいに、折《お》れとりました」

手術《しゅじゅつ》がすんで、スロゲットさんが病室《びょうしつ》にはこばれてきたとき、お医者《いしゃ》さんがおくさんに、うれしそうにせつめいしました。

「だいじょうぶ、ご主人《しゅじん》がご自分《じぶん》の足で立てるようになるのに、たいして時間《じかん》はかからないでしょう」

「スリッパをはいて立てるようになるのに、でしょ」

お医者《いしゃ》さんが病室《びょうしつ》を出ていくと、おくさんはスロゲットさんにむかっていいました。

「パーシー、まったくもう、ばかなことを。年よりのくせに、いいかっこして。いったい、何《なに》さまのつもり？　スーパーマン？」

「あの子はぶじだったんだろ、メアリ・アン？　ほれ、ローリーは？」

「あの、ばかむすめ」

おくさんはいいました。

「右も左も見ないで、いきなり車道《しゃどう》にとびだすなんて。ロットさんたちがいってたわ。あんたには、どんなに感謝《かんしゃ》してもたりないって。そりゃ、そうよね。面会《めんかい》の許可《きょか》がおりたら、すぐお見まいにくるそうよ。

さあ、パーシー、すこし、ねむったら。あたしはあんたの服《ふく》をもってかえって、せんたく機《き》にほうりこんでくるから」

「スリッパは、おいてっとくれ」

スロゲットさんがいいました。

「あれは、もっていかないでくれよ」

「あんたって人は、もう！　あんたのだいじなだいじなスリッパさまが、なんの役《やく》にたつっていうのよ？　両足《りょうあし》ともギプスで、がっちりかためられてるのに」

あきれながらも、おくさんは、スリッパをおいていってくれました。

次《つぎ》の朝《あさ》、ローリーが、おじいさん、おばあさんといっしょに、お見まいにきました。

ロットさん夫妻《ふさい》は、なんどもなんども、スロゲットさんにお礼《れい》をいいました。どんなに感謝《かんしゃ》しているか、とても言葉《ことば》ではいいつくせないようです。

「あなたが、いてくださらなかったら……」

ロットさんのおくさんは、むねがつまって、さきをつづけられませんでした。

「みんな、わたしのせいね、パーシーおじちゃん」

ローリーがいいました。

「車道《しゃどう》にとびだしたりしたから……」

「あんまり気にしなさんな、ローリー」

スロゲットさんはいいました。

「この足は、じきに、よくなるんだから。こんど、あんたがおじいちゃんのところにとまりにくるころには、またいっしょに公園《こうえん》にいけるようになってるさ」

「ぶらんこも、ね？」

ローリーは笑顔《えがお》になりました。

「しかし、パース。わしには、さっぱりわからん。車にはねられる寸前《すんぜん》のローリーのそばに、どうして、おまえさんがいたんだか」

ロットさんがいいました。

「おまえさんは、車道《しゃどう》のむこうがわにいたんだ。光《ひかり》なみのスピードでうごかなくちゃ、まにあわなかっただろうに」

ロットさんは、ベッドわきのせいりだなにのっている、二十八センチの青白チェックのスリッパに目をやって、つづけました。

「それも、いつものとおり、あんなものをはいてたのになあ」

ローリーと目があったスロゲットさんは、ウィンクしてみせました。

「ざんねんながら、しばらくは、はけんな」

そういってスロゲットさんは、ギプスのはまった足をゆびさしました。

「パース、一つ、いっておきたいことがある」

ロットさんがいいました。

「うちでスリッパを買《か》うのに、今後《こんご》いっさい、金はいらんぞ。一生《いっしょう》、お代《だい》は無用《むよう》だからな」

「このスリッパがいつまでも長《なが》もちして、パーシーおじちゃん、新《あたら》しいのを買《か》わずにすむかもしれないよ」

ローリーが口をはさみました。

ロットさんは、せいりだなの上からスリッパをとりあげると、表《おもて》もうらも、よくよく、しらべてみました。ローリーをすくった光速《こうそく》ジャンプで、そうとうひどく、底《そこ》がいたんだようです。

「もう、はけないな。みっごと、すりきれとる」

ロットさんは、いいきりました。

ロットさん夫妻《ふさい》とローリーが帰《かえ》ったあと、スロゲットさんは横《よこ》になったまま、まほうのスリッパをはくたびに全身《ぜんしん》にみなぎった、あのふしぎな感《かん》覚《かく》を思《おも》いだそうとしました。体《からだ》じゅうに力《ちから》があふれている、あの感《かん》じ。頭《あたま》がさえわたる、あの感《かん》じを。どんなだったかなあ……だめです、思《おも》いだせません。

ま、いいさ、とスロゲットさんは思《おも》いました。いつもの、どうだっていさほっといてくれ、という、けだるい気分《きぶん》になっていて、あんまり物事《ものごと》にこだわらない状態《じょうたい》でしたから。

このスリッパがなければ、かえって安心《あんしん》かもしれん。こいつのおかげで、足が二本折《お》れたんだからな。次《つぎ》には、首《くび》の骨《ほね》を折《お》らんともかぎらんぞ……。

スロゲットさんは、せいりだなに手をのばして、スリッパをとりあげました。そして、両手《りょうて》に一つずつもって、じっくりとながめました。毎日《まいにち》はいていたので、うすよごれ、けばだって、みすぼらしくなっています。うらがえしてみると、両方《りょうほう》とも穴《あな》があいています。それも、一つや二つでは

ありません。

「アートのいうとおりだ」

スロゲットさんは、やさしい声《こえ》で、スリッパに話《はな》しかけました。

「おまえさんの役目《やくめ》はおわった。寿命《じゅみょう》がきたんだ。だが、自分《じぶん》の命《いのち》とひきかえに、人の命《いのち》をすくったんだぞ。自分《じぶん》ではわかっとらんだろうがな。

そうだ、わしじゃない。かわいいローリー・ロットをすくったのは、わしじゃない。おまえさんなんだよ」

夕方《ゆうがた》、おくさんがやってきて、あれこれ世話《せわ》をやいたあと、また帰《かえ》りじたくをしているとき、スロゲットさんはいいました。

「このスリッパをもってってとくれ、メアリ・アン。だんろで、もやしてほしいんだ」

「もやす？」

おくさんは思《おも》わず、ききかえしました。

「まえに、あたしがもやそうとしたら、大さわぎしたくせに。ちょっと、パーシー、だいじょうぶなの？　ぐあい、わるいんじゃない？」

「だいじょうぶさ」

スロゲットさんはいいました。

「そうそう、それからな、アートの店《みせ》にいって、新《あたら》しいスリッパをえらんでおいてくれないか。今後《こんご》いっさいスリッパ代《だい》はいらんと、いってくれたしな。ギプスがとれたら、すぐはけるよう、たのむよ。こんどは、そうだな、緑《みどり》と白のチェックがいいかな」

おくさんは頭《あたま》をふりながら、ためいきをつきました。まったく、もう。また、スリッパ……。ま、すきにしてちょうだい。

「じゃあ、かんごふさんにたのんで、紙《かみ》ぶくろをもらってくるわ」

おくさんはいいました。

「こんな古《ふる》ぼけたものをもってかえるところを、だれかに見られたくありませんからね」

おくさんが病室《びょうしつ》を出ていくと、スロゲットさんは、スリッパを右手と左手に一つずつはめました。そして、はくしゅでもするように、やさしく、底《そこ》と底《そこ》をあわせました。

「ごくろうさん。おまえさんのことは、一生《いっしょう》わすれないよ」

スロゲットさんはいいました。

「あの世《よ》にいくまで、あと何足《なんぞく》スリッパをはくことになるかわからんが、おまえさんみたいなスリッパには、二度《にど》と、めぐりあえんだろうな」

訳者《やくしゃ》あとがき

スロゲットさんが手に入れたのは、ふしぎなスリッパ。このスリッパをはくと、なんでもできるし、なんでもわかるようになるのです。十メートルの車道だって、ひょいっととびこえられるし、どんなクイズの答えもわかってしまう……そんな魔法《まほう》のスリッパがあったら、みなさんなら、どんなことに使《つか》いますか？　懸賞《けんしょう》クイズにおうぼして、かたっぱしから賞品《しょうひん》をもらおうか、オリンピックに出場しようか……それとも？

スロゲットさんは、おくさんのためにスリッパの力《ちから》をいちど役立《やくだ》てはしましたが、欲《よく》は出しませんでした。とくにほしいものもなかったし、あるがままの自分に満足《まんぞく》していたからです。そのおかげでしょうか、ここいちばん、という大事《だいじ》な場面《ばめん》で、スリッパは大かつやくしてくれるのです。ちょっととぼけた味《あじ》のあるスロゲットさんと、まわりの人たちとのやりとりを楽しみながら読みすすむうちに、なんだか、ほろりとしてしまいました。

この本に出てくることがらについて、少し説明《せつめい》しておきましょう。ヘンリー八世《せい》は、十六世紀《せいき》にイギリスを治《おさ》めていた王さまで、エリザベス女王（エリザベス一世《せい》）のお父さんです。六回結婚《けっこん》したことでも有名《ゆうめい》で、「ヘンリー八世《せい》と六人の妻《つま》」という曲《きょく》もあるほどです。オアシスとスパイス・ガールズは、どちらもイギリスの人気グループですが、スロゲットさんのような世代《せだい》には、「けたたましい騒音《そうおん》」と聞こえるのかもしれません。作者のディック・キング＝スミスさんは、一九二二年生まれ。ガーディアン賞《しょう》をはじめ、数々の賞《しょう》を受賞《じゅしょう》しているイギリスの作家です。スロゲットさんよりももっと年が上ですが、次々《つぎつぎ》に楽しいお話を書いて、世界じゅうの読者によろこばれています。動物《どうぶつ》たちのコミカルなお話など、日本でもたくさん紹介《しょうかい》されていますので、まだ読んだことがないという方は、ぜひ手にとってみてください。

二〇〇三年　一月

三原　泉

著者　ディック・キング=スミス
1922年、イギリスに生まれる。農業、教師などの仕事に携わったのち、専業作家として多数の児童書を出版。ガーディアン賞ほか数々の賞を受賞している。おもな作品に「子ブタシープピッグ」（評論社）「ゆうかんなハリネズミマックス」（あかね書房）「歌うねずみウルフ」（偕成社）などがある。

訳者　三原　泉（みはら　いずみ）
1963年、宮崎県に生まれる。東京大学文学部卒業。訳書に「のら犬ウィリー」（あすなろ書房）「アリクイのアーサー」（のら書店）「歌うねずみウルフ」（偕成社）がある。

画家　岡本颯子（おかもと　さつこ）
1945年、長野県に生まれる。武蔵野美術大学芸能デザイン科卒業。挿画を手がけた作品に『かぎばあさん』シリーズ（岩崎書店）、『おはなしりょうりきょうしつ』シリーズ、『きょうりゅうほねほねくん』シリーズ（共にあかね書房）などが、絵本に『ふしぎなけいたいでんわ』（PHP研究所）『しっぽ5まんえん』（ポプラ社）などがある。

魔法のスリッパ
2003年3月15日　初版発行
2012年4月30日　16刷発行
著者：ディック・キング=スミス
訳者：三原　泉
画家：岡本颯子
発行者：山浦真一
発行所：あすなろ書房
〒162-0041　東京都新宿区早稲田鶴巻町551-4
電話：03-3203-3350（代表）
印刷所：佐久印刷所
製本所：ナショナル製本

ISBN 978-4-7515-1892-2 NDC 933 Printed in Japan